SONHO DE AMOR

Gerente editorial
Roger Conovalov

Projeto Gráfico
Lura Editorial

Diagramação
Aline Assone

Revisão
Elisabeth Guimarães

Capa
Lura Editorial

Lura Editoração Eletrônica LTDA
Rua Rafael Sampaio Vidal, 291
São Caetano do Sul, SP – CEP 05550 -170
Tel: (11) 4221-8215
Site: www.luraeditorial.com.br
E-mail: contato@luraeditorial.com.br

Catalogação na Fonte do Departamento Nacional do Livro
(Fundação Biblioteca Nacional, Brasil)

Santos, Adriell Fonsêca
Sonho de amor / Adriell Fonsêca Santos – 1ª ed. – São Paulo: Lura Editorial, 2018.
52p.

ISBN: 978-85-5849-150-1

1. Literatura de cordel 2. Regionalismo I. Título

CDD-B869.1

Romance em Cordel de

Adriell Fonsêca Santos

SONHO DE AMOR

lura

EDITORIAL

À minha mãe Suely;
minha avó, mainha Elzeny;
minha avó, vozinha Maria, e
minha bisavó, Euflosina (in memorian)
que nunca desistiram de amar.

PREFÁCIO

Será que a miséria e a prisão
são capazes de acabar com
o que está dentro do coração?
Estou a falar sobre o amor
de Alessa e Lucas
que vocês vão se apaixonar de montão!

Querido leitor,
a história acontece sem terror,
mas com muita emoção e amor.
Mistério e suspense que vão te dar calor!
Pois essa história foi feita com muito esmero,
sim senhor!

Esse romance se passa em Boa Nova,
cidade que foi meu instrumento
para criar essa história
do interior da Bahia, meu relento.
Não posso ficar contando todo acontecimento
mas, quando for ler,
perceberá todo o meu sentimento.

Toda história de mocinha e mocinho,
o vilão tem que aparecer!
Pois bem, aqui também isso você vai ver!
Mas não se aperreie não!
Quem planta o mal,
o mal há de colher.
Por que sonho de amor?
Comece logo a ler
e toda a história você vai entender.

Com todo o meu querer,
Adriell Fonsêca Santos.

CAPÍTULO 1

Hoje é o dia mais feliz da minha vida!
Mesmo sabendo que mainha não liga,
mas não me importo se ela duvida.
Vou me casar e sei que, de fato, é a saída.
Não para uma nova lida,
quem sabe para ser
a esposa do senhor de briga? (risadas)
Deixarei de ser uma mulher tão sofrida!

– *Anda ligeiro, minha fia!*
É a gritaria que me agonia.
Mainha faz questão de me lembrar
que esse casamento ela nunca aprovaria.
Pra ela de amor num seria,
pois todo mundo indagaria:
será que Alessa tá casando com golpe de primazia?

Ninguém sabe o verdadeiro motivo.
Só eu, mainha e o Dono do mundo.
Num contei pra Francisquinha
pra mode num acabar com tudo.
Lucas num entende o porquê
de todo esse furdunço.

Chegou o momento do casamento. (risadas)
Só de lembrar da loucura
daquele momento...
Num tinha botado o vestido
que mainha me deu de consentimento.
Lucas também num tinha roupa
e de emprestado até o sapato
teve que fazer incremento.

Mas vou deixar de pilheriar
e na igreja vou logo entrar!
Estou mais branca que pó de arroz
de tanto sangue me faltar!
É muita emoção,
meu Senhor, me ajude a aguentar!

– *Sim, eu aceito!*
Meu Deus estou sonhando.
Meu príncipe me coroando,
segurando em minhas mãos,
seu rosto se aproximando...
e agora me beija,
me desejando...

(toc, toc, toc)
– *Alessa, abra essa porta!!!*
Oxente, o que será que mainha
quer aqui agora?
Pronto, diga logo, mainha,
a razão que tanto me implora.
– *Vim te buscar pra me ajudar*
a trabalhar e deixe de enrolar!
Oxe, mas por causa da lua de mel
achei que ficaria de fora.
Me casei ontem, mainha.
Num tenho direito a nem um dia de glória?

O mais estranho foi que acordei
sem meu amor do lado.
Será que me largou aquele danado?
Justo no primeiro dia de casado?
Mainha me disse que no casamento
tava muito calado.
Mas ele é assim mesmo,
muito difícil ficar aperreado.
Arre égua, onde será que
se meteu meu príncipe encantado?

CAPÍTULO 2

– *Sim, eu aceito!*
Essa frase está latejando na minha cabeça.
A voz dela não deixa que eu esqueça.
Talvez faça com que o mal não me apareça.
Preciso sair daqui, antes que enlouqueça.
Espere! Vou lhe contar
e espero que se compadeça.

Meu passado é meio sombrio.
Não por maldade ou por ser vil.
Digo sombrio porque meu
tio no mundo sumiu.
Meus pais morreram,
quando ainda era infantil.

Quando cheguei aqui,
em Boa Nova,
encontrei o meu relento.
Descobri o amor verdadeiro
nos braços de quem
me ama cem por cento.

Alessa, só de suspirar seu nome
posso inté morrê de fome,
posso apodrecê nesse lugar,
mas o seu amô de mim num some.
Conto as horas pra te vê,
olhando pra parede
que me consome.

Sempre fui um cabra trabalhadô.
Num tive muito estudo,
mas sempre tive honra, sim sinhô!
Num merecia está preso
e comê o pão que o diabo amassô.
Quero é está pra sempre
cuidando do meu amô.

Estão por aí me confundindo
com o Zirradi,
o cabra mais temível de toda
a civilidade!
Zirradi já matô mais de mil
só nesse ano de tanta crueldade.
Como podem me confundir
com essa monstruosidade,
se nunca matei ninguém e
isso afirmo com verdade?

Pois bem, cá estou,
convivendo com bandidos,
agora sim, meu sinhô!
Somos cinquenta
nessa podre cela de terrô.
Num tem nem um travesseiro,
quiçá um cobertô, que horrô!

Pechera e Zé do pó
já me maltrataram sem dó;
me estupraram e
me bateram; e só
num me mataram,
graças ao seu Ló
que me ajudô
e matô a sede do meu gogó.

O pior dia foi quando
Alessa veio me visitar.
Ela me viu acorrentado
e nem um beijo podia me dar.
Eu disse que era inocente
e que mal algum eu poderia causar.
Ela se aproximô
e um abraço conseguiu me ofertar.
– *Graças a Deus, meu amor,*
tenho uma notícia a lhe contar!
Diga logo, Alessa, pois segredo
eu num sei guardar.
– *Estou grávida, Lucas,*
e esse filho teremos que criar.

CAPÍTULO 3

Foi bom ter vindo trabalhar
com mainha na feira.
Assim eu esqueço
que Lucas saiu de casa
sem deixar bandeira.
– *Eu sei onde ele está!*
disse-me o sinhô Taveira.

Que alívio saber que ele
foi cedo um emprego procurar.
Agradeci o sinhô Taveira
por me avisar.
Ele também me disse
que tem um novo emprego a me dar.

– *Olha a calça! Duas por cem!*
É a vida do feirante
que se esforça com o que tem.
Na barraca da mainha tem calça,
tem bolo, tem banana também.
É uma honra ajudar mainha
a fazer o vintém.

Chegou a hora do almoço.
Estou em casa esperando o meu moço
pra comer com muito gosto.
– *Oi, Lilás!*
Meu amor precioso!
Senti sua falta de manhã,
pois levantaste cedo em alvoroço.
– *Perdoe-me minha amada,*
fui procurar um emprego com esforço.
Conseguiu encontrar?
– *Sim, graças ao sinhô Colosso!*

Enquanto trabalhava com mainha,
meu amor,
hoje, lembrei-me do dia
que me comparou com uma flor.
– *Sim, foi o dia que te conheci,*
mal sabia eu que iria me abraçar
com tanto calor...
eu fiquei toda desconsertada,
nem desfilei direito, que horror! (risadas)

– *No desfile de 7 de setembro,*
vi seu laço no cabelo,
Não sei se era ilusão, sonho,
mas uma coisa hoje percebo:
tu és a minha flor e meu rochedo!
Tu ficas falando essas coisas
e eu me derreto todinha sem medo.
– *Mas é a mais pura verdade*
Lilás, do meu segredo. (beijos)

—

Boas tardes!
– *Boa tarde, senhorita,*
a que devo a visita?
Vim por mando do Sinhô Taveira
que é esposo de Luizita.
– *Ah sim, me falou sobre você,*
uma moça que nada complica.
Já tenho um serviço pra te dar
na minha loja Cor e Vida.
Fico muito agradecida
as palavras fogem,
mas sou boa de escrita.
– *Não se aperreie não, minha*
doce Líssa. (beija-a na mão)
Me chamo Alessa sinhô...
– *Campista, Olavo Campista*
Me desculpe, mas Líssa e
Alessa já estavam *na minha lista.*
Tu já és minha favorita!

(pensando) Num gostei nada desse Campista.
Esse cabra me parece muito oportunista.

CAPÍTULO 4

– *Painho, olha o desenho que eu fiz.*
Que lindo meu filho!
– *Aqui é eu, o sinhô, mainha*
e o chão de giz.
(emocionado) –... E pra onde estamos indo?
– *Pra um lugar onde*
só vai ter o amor que recebi!

– *Lucas, Lucas, acorda!*
O que aconteceu, Ló?
– *Você dormiu sem demora,*
Mas na cadeia precisa deixar de folga!
Mas eu estava sonhando,
ou melhor,
eu estava vivendo meu dia de glória!

– *Deixa de lorota, home,*
que, se o guarda te pega dormindo,
tu apanha com o bonde.
Tu até parece que algo esconde!
Se aperreie não, seu Ló,
pois quem num deve
num tem porquê morrê sem nome!

Agora entendo porque Alessa
quis casar tão rápido!
Ela preferiu manter o segredo guardado
e me contar
só depois de casados.
Mas o destino agora nos quis
separados.

– *Lucas, por que não para de pensar nela?*
Porque agora vejo um novo mundo
através dessa janela.
– *Do que estás a falar?*
Por acaso esse amor valerá a espera?
Com certeza, meu velho da canela!

Será home ou mulé?
– *Alessa está grávida? Comé que é?*
Esse era o segredo, Seu Tomé.
– *Tu tinhas era que se preocupá*
em saber quem te colocou
atrás das grades, seu Zé.

– *Seu meninu vai nascer*
e o pai num vai conhecer.
Deixe de conversa ruim,
pois o amor me fará vencer!
– *Coitado, na cadeia tu vais apodrecer!*
Isso é o que vamos ver!

– O guarda chegou para te levar.
Arre égua! E agora o que eu fiz?
– Nada, só uma surra irá te dar.
Quem mandô na cadeia viver a sonhar?
De graça eu num mereço apanhar...
– Tem razão... Guarda,
tu podes essa cabra açoitar!

– Já é noite, Pechera, e
o pobre coitado parece que está a dormir.
– Também, Zé do Pó,
Lucas levô tanta surra
que os braços e as pernas num vai mais sentir.
– Tá sem se mexer,
mas morte num se pode deduzir.

(suspirando) Eu... te... amo... Alessa...
meu sangue... escorre da cabeça
ainda que fraco eu pareça...
não morrerei até que a justiça aconteça
meu... coração bate devagar,
mas vou lutar para que meu corpo não faleça...

CAPÍTULO 5

O dia amanheceu e fui trabalhar.
Cheguei lá e logo me deu um mal-estar.
Desmaiei e acordei com seu Olavo a falar
– *Estás grávida Alessa? Agora terás que confessar!*
Eu nem consegui expressar
e de novo tiveram que me deitar.

O que foi que me ocorreu, Jurema?
– *Tiveste um desmaio que deu pena.*
Meu Deus! Agora alguém me condena?
– *Desembucha logo! Fale de uma vez*
para que todos a entenda!
Sim, sinhô Olavo, estou grávida
e espero que me compreenda.

– *Vá para casa Alessa, porque todo o bem*
hoje eu te querer!
Muito agradecida, sinhô, por me entender...
– *Cuide da vida aí dentro que agora é seu dever.*
Cuidarei, meu sinhô, com todo o meu ser!
– *Sinhô não, me chame só de Olavo*
para não me esquecer.

– *O que houve, minha filha?*
Nada não, mainha, apenas tive
que revelar o segredo.
– *Mas num tem mais enredo,*
esse segredo uma hora
deixaria de te fazer medo.

É verdade mainha, e estou muito feliz.
Pena que a vida de Lucas está por um triz.
– *Não fique assim, Alessa, pois um dia*
chega o fim desse tempo de gris!
Acredito que meus dias num serão vis.
Essa é a esperança que meu coração diz!

– *Alessa! Alessa!*
Que aperreio é esse, Francisquinha?
– *Tenho uma notícia terrível, minha maninha!*
Diga logo, minha irmã, pois
preciso terminar de comer essa farinha.
– *É o Lucas, ele acabô de ser preso*
e não é historinha!

Ao encontro dele eu devo ir!
– *Aquiete-se, minha filha,*
acredito que ninguém o irá ferir.
– *Vai sim! Pois com o Zirradi*
o estão a confundir.
Como assim, Francisquinha?
Meu marido é inocente
e nem um mal dele poderia fluir!

– *Como foi o encontro com seu amor?*
Ah, mainha, foi todo cheio de dor.
A cadeia é um horror.
Contei pra ele que estava grávida
e isso o trouxe um frescor.
Ficou tão emocionado que me disse:
– *Lutarei custe o que for*
e seremos felizes, minha flor!

Nove meses depois...
– *Alessa, trouxe mais presentes!*
Não carecia não, sinhô Olavo,
de ser tão insistente!
Já num lhe disse que recebi
o suficiente?
– *Mas nunca se sabe*
se o bebê vai vir tão carente.

(segurando suas mãos)
– *Eu sempre serei por ti.*
É só você me dizer sim.
Me respeite, porque isso acaba aqui!
– *Você num tem pra onde ir,*
seu marido já está quase no fim.
Ai! Meu filho já vai nascer
(desesperada) Valei-me, meu Deus! Seja por mim!

CAPÍTULO 6

– *Nasceu! Nasceu!*
– *Graças a Deus!*
Graças ao sinhô Campista que me socorreu.
– *E como irá chamar esse neto meu?*
Vai se chamar Gabriel.
Será minha fortaleza que Deus me deu.

– *Ele é lindo, minha filha,*
apesar de tão magrinho,
creio que sobrevive.
Oxente, mainha! É claro que ele vive
Queria tanto que o Lucas tivesse livre...
– *Tenha fé, minha filha!*
(orando) Deus, me dê mais fé do que eu já tive!

Alguns meses depois...
Mainha, hoje, na loja, eu voltei a trabalhar.
– *Que bom, minha filha,*
pois de dinheiro estamos a precisar,
ainda mais sabendo que Lucas
preso deve continuar.
Ele precisa de um bom advogado
para dessa prisão o livrar!

Mas algo me incomoda.
– *E o que é?*
A forma como sinhô Olavo me dá corda.
Acho que ele gosta de mim
e sempre vem com mais moda.
Agora mesmo quer que eu faça
nos sapatos da loja muita borda!

– *Tome cuidado visse...*
Ele é um home perigoso.
Eu sei, mainha, meu coração
não está duvidoso.
Sinhô Olavo é um home muito maldoso.
– *Ele é calculista e pretensioso.*
Eu quero é distância desse ser ardiloso!

—

Francisquinha, corre aqui,
pois mainha desmaiou na feira!
– *O que houve, mainha? Deixe de bobeira!*
É sério, Francisquinha,
ela não reage. Não é besteira.
– *Arre égua! Temos que levá-la para o doutô Taveira.*

– *Tenho algo muito triste a dizer.*
– *Desembucha, doutô, meu coração já num guenta mais sofrer.*
Mainha vai sobreviver?
– *Sua mainha está prestes a falecer.*
– *Cumé? Como isso foi se suceder?*
Calma, Francisquinha, deixe o doutô resolver.
– *Ela tem um tumor na cabeça*
e desse mal vai padecer.

—

– *Graças a Deus que a sinhora acordou!*
Já não guentava mais, até Gabrielzinho chorou.
– *Se aperreie não, minha gente, meu coração não parou.*
Mas foi o médico que nos contou.
– *A sinhora tem poucos dias de vida... foi o que ele falou.*
É melhor irmos pra casa porque essa dor já passou.

– *Alessa, o meu neto é muito lindo!*
Sim mainha, e ele está sempre sorrindo!
– *Me prometa que sempre o deixará dormindo,*
quando a maré estiver subindo.
Oxe, mainha, por que estás a falar
como se algo estivesse sentindo?

– *Está na hora de partir.*
Não! Por favor, mainha, não a deixarei ir!
Não morra agora, pois preciso tanto te sentir!
(chorando) Mainha, eu preciso do teu sorrir...
Me deixa também contigo subir...
Sei que seus olhos não poderei mais abrir.

Obrigada por ter vindo ao enterro, sinhô Olavo.
– *Não se preocupe, minha linda, sua mãe já está a salvo.*

CAPÍTULO 7

Não posso viver nessa tristeza, nessa moleza...
Tenho um filho para criar e... que beleza!
Mainha Tereza estaria feliz de me ver com certeza!
Ainda ei de ser muito feliz e cheia de riqueza!
Para a loja do Seu Olavo eu vou com firmeza!

– *Sinhô Olavo quer proseá com você na sala dele.*
Oxe Jurema, e o que eu tenho com ele?
– *Num sei, só sei que é melhó você ir nele.*
Com licença, Sinhô Olavo...
– *Oras, sente-se minha flor.*
(pensando) O que será que eu falo pra ele?

– *Você é muito bonita, sabia?*
Sinhô, eu sou uma mulher casada e jamais consentiria...
– *Todavia, estas a trabalhar para mim*
e o seu amor eu gostaria...
Tire as mãos de cima de mim!
Seu amor eu jamais permitiria!
– *Porcaria! Venha cá!* (beija-a)
(dá um tapa na cara dele)
Isso é para o sinhô saber que
seu amor pra mim nada valeria. (sai correndo)

– *O que houve, minha irmã, por que estás a chorar?*
Seu Olavo me beijou e me obrigou a continuar.
– *Velho safado! Mas desse trabalho você está a precisar!*
Eu sei, Francisquinha, você pode me ajudar?
– *Tenho na feira muito a arrumar, mas volte ao Olavo trabalhar.*
Não posso me implorar...
– *Pois vá pelo seu filho que mal está a passar.*
(segurando-o no colo)
Ele está com febre, deste remédio a ele tomar?
– *Sim, mas acho melhó para o doutor Taveira você o levar.*

Com licença, boas tardes, doutor.
– *Boa tarde, minha filha, o que houve com o menino? Alguma dor?*
Sim, muita febre, muita dor, muito amarelo, me ajude, por favor!
– *Claro, vamos fazer muitos exames para providenciar o frescor.*
Há muito tempo ando preocupada com Gabriel, o meu amô.
– *Calma, senhora Alessa, seu filho vai se recuperar, custe o que for!*

– *Estás atrasada de novo, morena.*
Eu estava no médico com meu filho, Jurema.
– *O que houve que está dando pena?*
Ainda ninguém sabe, o médico está vendo o problema.
– *Espero que num seja nada grave,*
pois o Sinhô Olavo já é outro dilema.

Sinhô Campista, eu vim aqui me redimir.
– *O quê? Sua sem vergonha, viestes desculpas pedir?*
Quem me beijou a força foi o sinhô sem eu consentir!
– *Pois bem, para o olho dá rua você deve ir!*
Pois Deus me dará outro destino e muito feliz eu vou seguir. (sai)
(pensando) – *Um dia o seu amor ainda vou conseguir.*

Alguns dias depois...
O que houve, doutô, diga logo! Meu coração já estou a perder!
– *Sinto lhe dizer, seu filho tem uma doença e pode falecer.*
Valei-me, meu Deus! O que foi ocorrer?
– *Ele está com hepatite e pode não sobreviver.*
Por tudo o que é mais sagrado, doutor, o que eu devo fazer?
– *Vou passar esses remédios e esse mal vai conter.*
Oh, meu Deus! Não posso ver meu filho sofrer!
– *Vá para casa, dê o remédio e espere anoitecer.*

Não aguento mais sofrer na vida!
– *Calma, Alessa, tudo vai se resolver sem briga.*
Primeiro foi mainha, meu emprego, o Lucas está preso,
E, agora, até meu filho nessa lida?
– *Tenha fé minha irmã! Lembra do que mainha nos ensinou com a Bíblia?*
(risadas) Fé em Jesus Cristo e viva!
– *Isso mesmo! Essa é a saída.*

(pega todos os remédios e os joga na privada)
Tenho fé em Jesus Cristo que meu filho está curado!
Essa dor maldita o deixará de lado.
Ele vai sorrir de novo e será poderosamente levantado!

CAPÍTULO 8

O que houve, doutor?
– *Aconteceu um milagre curador!*
Meu filho está curado, sinhô Taveira?
– *Sim, senhora Alessa, não lhe resta nenhuma dor.*
Glória a Deus que é meu bom Pastor,
cuida de mim e cuidou do meu amô.

– *Como é bom saber que paz Gabriel agora sempre vai ter!*
É verdade, minha irmã, porque o pão
Deus sempre há de prover.
– *A propósito, o que você fará sem ter o que comer?*
Tive uma grande ideia, Francisquinha,
para minha fome combater!
– *Desembucha, mulé, que eu tô pronta pra ajudar e fazer acontecer!*

– *Sinhô Olavo, fiquei sabendo de algo de primeira!*
– Arre égua! E, tu, *agora, Jurema, tá atrás de besteira?*
– *É sobre Alessa, sinhô, ela não tá de brincadeira.*
– O *que se aprumou daquela porqueira?*
– *Ela está vendendo sonho doce na feira!*
(risadas) – *E ela pensa que vai enricar, fazendo essa doideira?*
– *Num duvide não visse, aquela é uma mulher de primeira!*

Olha o sonho de amor, pra mode sua vida alegrar!
– O *que é isso Alessa? Sonho de amor, esse é o nome*
do que estás a trabalhar?
É sim, Francisquinha, esta é a receita da nossa vozinha,
que veio me ensinar, antes de ir para o céu morar.
– *Hum... Esse sonho de amor é uma delícia!*
Tenho certeza que nossa vida há de mudar!

Alguns meses depois...
– *Sinhô Olavo, Alessa está quase a conseguir!*
– *Como assim, Jurema, o que ela está a pedir?*
– *Nada sinhô, ela está vendendo sonho*
e muitas pessoas estão ajudando a contribuir.
Ela está vendendo em Boa Nova e em toda região sem desistir.
Todos estão procurando pelo tal sonho
e muito dinheiro Alessa está a garantir.
– *Arre égua! Vou fazer algo para impedir!*

Que documento é este, sinhô Olavo, que me inquieta o coração?
– *Senhora Alessa, isso é um mandado de interdição.*
A senhora não pode vender sonhos na praça
e na feira sem ter autorização!
Mas que baita de uma armação! Eu não tenho medo do sinhô não!
– *Se você aceitar o meu amor, te darei uma mansão!*
Pois, suma da minha frente sinhô Olavo! Eu vô lutar por minha reputação!

– *Com licença.*
Entre, doutô Rodrigo, sem detença.
– *Agradecido, senhora Alessa. Recebi sua carta e vim correndo*
para que não me esqueça.
Eu que agradeço o sinhô, pois como advogado vai poder me ajudar
com a falência...
– *Falência?*
Sim, preciso que me ajude a ter a autorização para poder voltar
a vender os meus sonhos com frequência.
– *Claro, vou resolver isso com diligência!*
Também com as moedinhas que ajuntei, num é muita coisa,
mas é para outra tarefa com urgência.
– *Pois diga, estou aqui para consertar a desavença.*
É meu marido Lucas, ele está na prisão, naquela sofrência.
Ele foi condenado por um crime, que não foi de sua ciência!

– Que aperreio é esse, Jurema?
– É o sinhô Olavo, Francisquinha, está com muita cena!
– Desembucha, criatura, que eu já tô cheia de problema!
– Pois o homem está louco por Alessa e cheio de esquema!
– Oxente, mas Alessa dele só tem pena.
– O homem está com a moléstia, Francisquinha,
e num vai desistir do seu poema!

– Aqui está o Alvará de Funcionamento!
Graças a Deus, doutô Rodrigo!
Agora vou poder vender meus sonhos de amor sem ressentimento!
– Sim. E algo mais tenho a esclarecimento.
Diga, doutô! Não quero mais aborrecimentos.
– Descobri quem mandou prender seu marido
com tanto sofrimento!

CAPÍTULO 9

– *Senhor Lucas Oliveira?*
Eu mesmo.
– *Agora estás livre da sarjeta!*
(o guarda abre a cela) Como assim? Pergunto com firmeza.
– *Um tal de doutô Rodrigo, advogado,*
conseguiu provar sua inocência sem moleza!
Graças a Deus! Que hora mais perfeita!
– *Ele está a tua espera* lá fora, pra *mode explicar*
o que ainda está a espreitar. (sai da prisão)

Doutô Rodrigo?
– *Prazer em revê-lo, senhor.* (apertam as mãos)
Muito agradecido por provar minha inocência
e me livrar desse terror!
– *Fico muito feliz que estás livre, mas sobre quem*
o prendeu com dor...
Diga-me logo quem foi o safado, pois serei o vingador!
– *É o senhor Olavo Campista, o vendedor.*
Maldito! Pois bem, justiça eu farei com furor!

– Menina, desembucha, qual a receita desse sonho
que me faz tanto querer?
– É só o amor, Francisquinha, não há segredos para eu esconder. (risadas)
– Ah, Alessa, mas tu estás vendendo pra valer!
– Graças a Deus, Francisquinha, minha riqueza eu vou ter!
– Não sei como, mas tu vais resolver...
– Tem pedido à beça,
estou pra enlouquecer!
– Isso é bom, menina! Vamos fazer o trabalho render.

Quer dizer, então, que, além dele ter me mandado prender,
o miserável também pode ser o próprio Zirradi?
– Eu só posso provar até a metade.
Eu vou me vingar, doutô, e com crueldade!
– Não faça isso, Lucas! Mal com mal só traz maldade.
Não vou fazer isso agora porque tenho que ir pra cidade
ver meu amô e meu filho que me esperam com ansiedade!

Algumas horas depois...
– *Alessa, olha quem está se aproximando para te reencontrar!*
– *Lu... Lucas!*
– *Arre égua, mulé! Corre logo para os braços dele apertar!*
(corre em direção dele e o abraça apertado)
(chorando) – *Lucas, meu amor!*
Lilás, eu nunca perdi as esperanças de novamente poder te beijar!
– *Eu nunca deixei de te amar!* (beijam-se)
Minha flor, estou livre e por nossa família vou te ajudar a lutar!
– *Graças a Deus, livre agora e pra sempre você vai estar...*
Ainda não, descobri quem me torturou
e desse alguém me prometi vingar!
– *Não quero te perder outra vez*
por uma luta de sangue que parece chegar!
Não se aperreie, meu amô, pois de mim sei bem vigiar.
– *Olha como o Gabriel está lindo!*
(segurando-o no colo) Como o meu macho está forte.
Obrigado, meu filho, por de sua mãe cuidar.

– Sinhô Campista!
– Fala, sinhô Colosso! Que ventos o trazem a minha loja?
– Não há nada de bom nessa prosa!
– Oxe, e o que vistes que comprova?
– O sinhô Lucas da prisão foi embora.
– *Arre* égua! Quem foi que soltou o miserável?
– Foi o tal de doutô Rodrigo que possui muita prova!

– Sonho de amor para a nossa vida o propósito cumprir!
Você num tira esse sonho da cabeça, nem na hora de partir?
– Não posso, meu amô, pois é a nossa esperança
que estou a deixar fluir.
Pois muito bem, nesse momento, tenho um lugar para ir.
– Pra onde você vai?
Não me demoro, Lilás, vou meu futuro construir! (beijam-se)

Algumas horas depois...

– *Por que será que sinhô Colosso marcou comigo nessa hora,*

nesse lugar deserto? (Lucas aparece com uma arma na mão)

É porque ele não é tão esperto!

(surpreso) – *Você?... Por que estás tão perto?*

Você vai pagar por tudo o que me fez, Zirradi Roberto!

(com medo) – *Por favor, tenha piedade, poupe minha vida, pois você já está completo!*

(aponta a arma) De pó da terra agora o sinhô será coberto!

CAPÍTULO 10

– *Alessa! Alessa! Corre aqui!*
O que houve, Francisquinha! Que aperreio é esse aí?
– *Me disseram que Lucas está na delegacia outra vez*
e atirou no sinhô Olavo nesse ínterim.
Misericórdia! Será que ele se vingou desse jeito assim?
– *Só há um jeito de descobrir!*
Esperar ele explicar tudim ali.

Por Deus do céu, o que houve, Lucas?
– *O povo está muito a pilheriar!*
Eu não fui no seu Olavo atirar,
foi tudo parte de um plano para ele pegar.
Não atirei, apenas fui ameaçar.
Na hora a polícia chegou
como foi o nosso combinar.
Agora, o miserável Olavo está preso
e ninguém mais vai atormentar!

Muito agradecida, doutô Rodrigo, por tudo o que fez.
– *Não foi nada, senhora Alessa, apenas o meu dever dessa vez.*
O sinhô como sempre muito cortês.
– *Espero que a senhora tenha muito freguês!*
Pois assim será! Vou vender muito sonho pra mode cumprir as leis
e ajudar a sustentar minha família todo mês!

Alguns dias depois...
Oi, Jurema, por causa de quê tanta tristeza estás a sentir?
– *É que estou sem emprego e a loja do sinhô Olavo veio a falir.*
Pois eu acho é pouco,
diante dos dias que aquele home tirou o meu sorrir.
– *Eu sei, minha amiga, quem planta colhe*
e pode nunca mais em paz dormir.
Sim, a justiça dos homens e de Deus sempre vão
o dever cumprir.
Mas num fique assim não, visse, pois um emprego
eu estou a lhe garantir!
– *Oxe, estás de conversa é?*
(risadas) Não... Estou precisando de ajuda para
o meu sonho evoluir!
– *Pois conte comigo, eis-me aqui. Quero ir.*

Alguns anos depois...
– *Dona Alessa! Dona Alessa!*
Arre égua! Que aperreio é esse, Jurema?
– *Acabo de voltar de Salvador*
e os sonhos num deram nenhum problema.
Graças a Deus! Vendemos muito naquele esquema?
– *Claro, mulé! E... Que cena!*
Só ainda resta uma coisa para resolver o poema...
Desembucha logo que eu não posso ficar nesse dilema!
– *Tu precisas mudar de Boa Nova para Salvador*
tão depressa como a ema!
Oxe, e por qual motivo?
– *Ganhaste um nova sócia, dona Gimena.*
Ela quer te ajudar a transformar o sonho de amor
em um grande tema!

– *Não gosto muito da ideia de mudar para a capital...*
Meu amô, mas têmo que tentar mesmo que pareça tudo igual.
– *Lilás, a gente pode continuar aqui em Boa Nova*
vendendo nossos sonhos que já é imortal.
Mas eu quero crescer
e num perder essa oportunidade fenomenal!
– *Estás disposta a abrir mão de tudo*
e começar a vida do zero nesse desejo sentimental?
Sim.
– *Que assim seja, vamos embora fazer*
o sonho ser sucesso mundial!

Dentro do ônibus...
– *Painho, olha o desenho que eu fiz*
– Que lindo, meu filho!
– *Aqui é eu, o sinhô, mainha*
e o chão de giz.
(emocionado) –... *E pra onde estamos indo?*
– *Pra um lugar onde*
só vai ter o amor que recebi!

FIM

Adriell Fonsêca Santos é Advogado. Formado em Direito pela Pontifícia Universidade Católica de Goiás (PUC/GO). Especialista em Direito do Trabalho e Previdenciário pela Escola de Direitos Humanos (EDH/ESUP). Professor, músico, cantor e compositor. Fluente em Português, Inglês, Espanhol e LIBRAS – Língua Brasileira de Sinais. Poeta e Escritor desde os 7 anos de idade.